这本《自然故事》属于：

普利茅斯国家海洋水族馆的科林·韦尔斯在本书创作过程中给予了专业的建议和指导。作者、绘者和出版商对此非常感谢。

图书在版编目（CIP）数据

害羞的海马 /（英）克里斯·巴特沃思文；（英）约翰·劳伦斯图；王春，刘泰宁译. — 杭州：浙江教育出版社，2020.9（2022.11重印）
（自然故事. 第2辑）
ISBN 978-7-5722-0478-4

Ⅰ. ①害… Ⅱ. ①克… ②约… ③王… ④刘… Ⅲ. ①儿童故事－图画故事－英国－现代 Ⅳ. ①I561.85

中国版本图书馆CIP数据核字（2020）第120735号

引进版图书合同登记号 浙江省版权局图字：11-2020-241

Text © 2006 Christine Butterworth
Illustrations © 2006 John Lawrence
Published by arrangement with Walker Books Limited, London SE11 5HJ
All rights reserved. No part of this book may be reproduced, transmitted, broadcast or stored in an information retrieval system in any form or by any means, graphic, electronic or mechanical, including photocopying, taping and recording, without prior written permission from the publisher.
Simplified Chinese translation edition is published by Ginkgo (Beijing) Book Co., Ltd.

本书中文简体版权归属于银杏树下（北京）图书有限责任公司

献给玛格丽特
——克里斯·巴特沃思

献给多米尼克
——约翰·劳伦斯

在温暖的海洋里,
在起起伏伏的海草丛间,有一双眼睛像黑色的小珠子,
正注视着飞快游过的鱼儿们。
这是谁的眼睛?

海马
——海洋中最害羞的鱼之一。

海马的头和马的很像,
尾巴和猴子的很像,
育儿囊和袋鼠的很像。

这就是"鲍氏海马"。
他像龙一样,背上长有极小的刺。
他看起来不太像鱼……但他确实就是鱼。

很长一段时间,没有人知道海马是哪种动物。
它的学名是"Hippocampus",意思是"马头鱼尾兽"。

海马直立着游泳。
他的头上长着小小的鳍，
背上有一个大鳍。
靠着这些鳍，
他得以在水里游动。

他只能慢慢地游。
所以一旦遇到
一条饥饿的鲷鱼
在快速游动
寻找点心，
海马就会
很精明地应付：
静止不动，
变换颜色……

（现在你看得见他……）

海马全身都是坚硬的骨质鳞片。很少有其他生物吃它们——可能是因为海马太难以下咽了。

直到他几乎不可见。　　　　　　　　（现在你看不见他了！）

海马改变皮肤颜色以融入周围环境的方式，被称之为"伪装"。

每天日出时分，
海马就会慢慢地游着，
去和他的伴侣相会。

他们把尾巴缠在一起，轻轻旋转，变换颜色，
直到配上对为止。

海马忠实于一个配偶，常常终生相伴。

今天,
海马伴侣的体内都是卵。

他俩一直在跳舞,日落时才停下来。
然后雌海马把卵放入雄海马的育儿囊里。

在繁殖季,鲍氏海马每隔几周就会交配一次。
只有雄海马才有育儿囊,只有雌海马才能产卵。

海马晃来晃去,
让卵都进到育儿囊里,
然后把育儿囊
紧紧地封起来。

海马是唯一一种
由雄性来"怀孕"的鱼类,
雄海马在自己的体内
孕育后代。

育儿囊里很安全,
卵里的小点逐步发育成小海马。
他们破卵而出,继续生长。
每条小海马的头都长得像小马的头,
尾巴都长得像小猴子的尾巴。

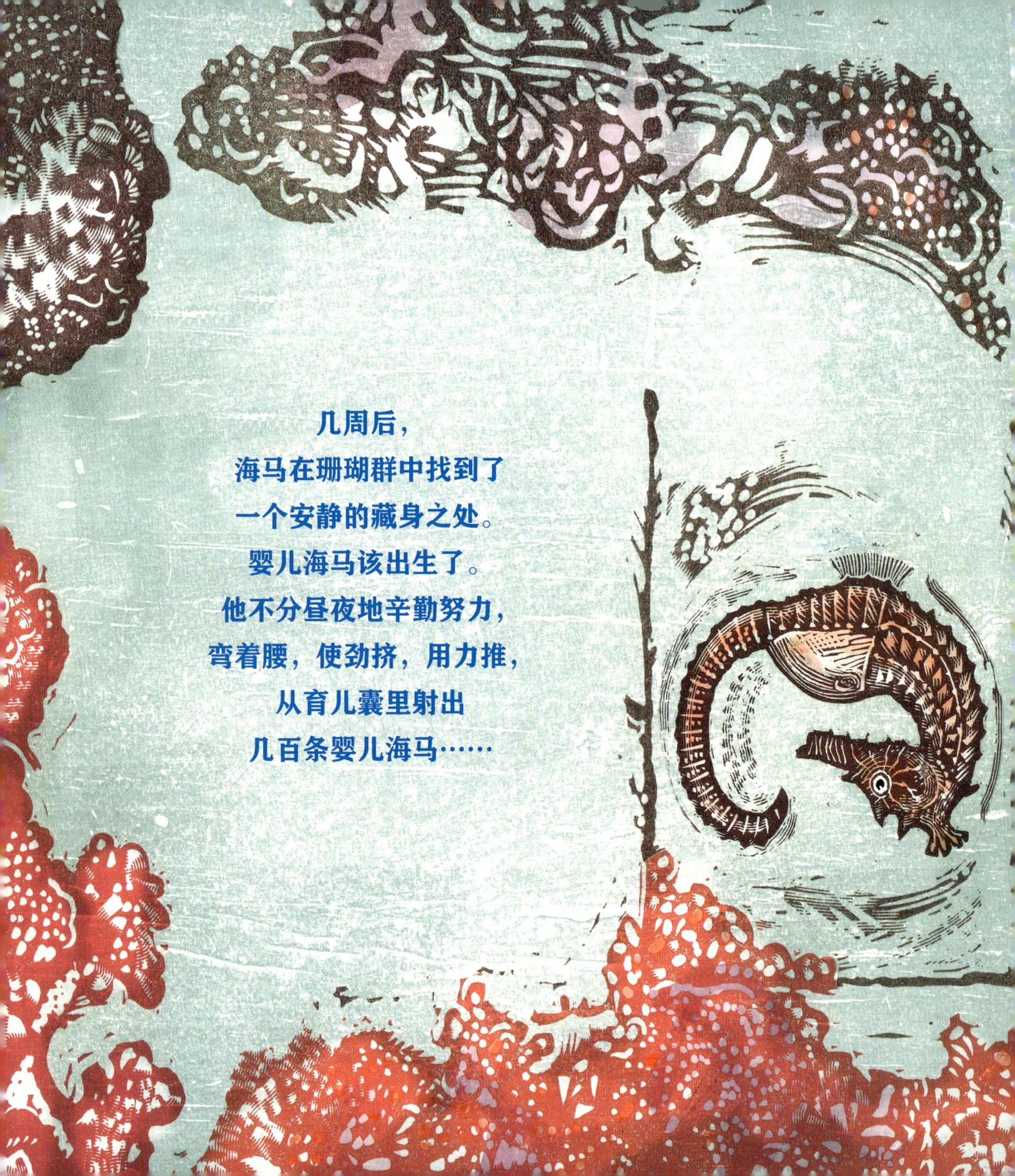

几周后,
海马在珊瑚群中找到了
一个安静的藏身之处。
婴儿海马该出生了。
他不分昼夜地辛勤努力,
弯着腰,使劲挤,用力推,
从育儿囊里射出
几百条婴儿海马……

鲍氏海马一次可以繁殖200—300条婴儿海马。

他们像烟雾一般
把他团团围住。

有一两条婴儿海马紧紧地抓住爸爸的鼻子
（这是他们看到的第一个也是最大的东西），

每条新出生的小海马都是父母的完美翻版,并且一出生就已经为独立生活做好了准备。

但当他们松手的时候……他们又小又轻,很快就被水流冲走了。

这条新出生的海马
只有你的睫毛那么长,
但她马上就可以
自己找到食物。
她的两只眼睛能
彼此独立地移动
(一只眼睛向上看,
另一只眼睛向下看),
因此她能看到来自
任何方向的食物。

海马以"浮游生物"为食
——一种在水流中漂浮的微小生物。

伴随着快速啜食的声音,
她把食物吸进吻部的末端,
并整个吞下了它
——海马没有牙齿。

为了在水里沉得更深,海马会缩起脖子,卷起尾巴。

为了向更高处游,它们把身体舒展开,近乎于像铅笔一样直。

当海马长得足够大时,她就会卷起尾巴,沉入海底。

海马不能住在水流很急的地方。否则,它们会被水流冲走的。

她在这儿更安全。伪装可以保护她。
如果风暴使大海卷起巨浪,
或过往的船只带动海流席卷而过,
她可以握住很多东西。

海马的尾巴是"适于抓握的卷尾",
这意味着它们可以用尾巴紧紧地抓住东西。

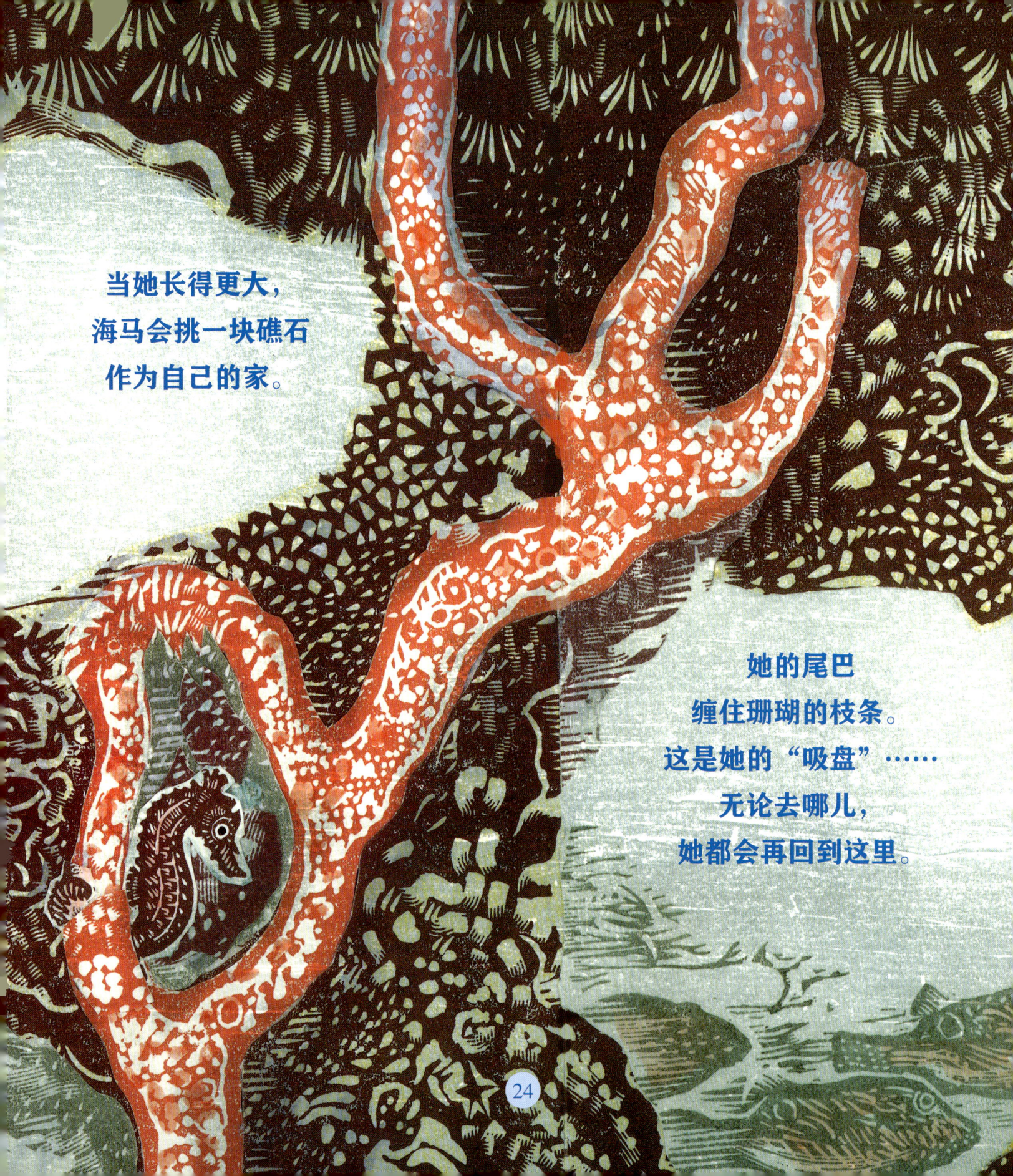

当她长得更大，
海马会挑一块礁石
作为自己的家。

她的尾巴
缠住珊瑚的枝条。
这是她的"吸盘"……
无论去哪儿，
她都会再回到这里。

雄性鲍氏海马的活动范围
只有几平方米。
雌性海马的活动范围是雄性的两倍，
甚至更大。

再过几个月,
这条小海马
就可以交配了。
她会在这块礁石上
寻找食物,
遇见自己的伴侣,
试图用伪装
隐藏自己……
度过余生。

鲍氏海马在6个月大时开始交配,
约1岁时发育成熟。

索引

伴侣......12—13、26
脖子......22
雌海马......13、25
卵......13—15
鳍......9

食物......20—21、26
适于抓握的......23
尾巴......8、12、15、22—24
伪装......10—11、23、26
吸盘......24

雄海马......13—14、25
眼睛......20
婴儿海马......15—19
游泳......9—10
育儿囊......8、13—17

通过索引表，你可以查找、发现海马的相关知识。

文中有两种字体，**这种**和这种，都要记得阅读哦！

文 克里斯·巴特沃思

她热爱大海和海洋中的生物。"海马看起来像美人鱼一样奇妙，"她说，"但美人鱼是虚构的，而海马是真实存在的。我们需要尽可能多地了解它们，以便更好地保护它们。否则，总有一天海马会加入美人鱼的行列，只会出现在故事里。"她已出版的作品达70多部。克里斯住在康沃尔。

关于海马

这本书介绍的海马是鲍氏海马,在书的前后环衬页可以看到其他种类的海马。海洋动物学家认为,目前海马有35种,而他们仍在寻找可能存在的其他种类。

许多种类的海马都需要保护——由于人类的海洋捕捉和售卖,以及海马赖以生存的安静水域被人类破坏,每年都有数百万条海马死亡。

图 约翰·劳伦斯

获奖插画家,曾在剑桥艺术学院任教,主讲儿童图书插画硕士课程。他出生在海边,一直喜欢游泳,沿着海岸散步。"我从没见过海马,"他说,"所以这本书给了我一个弥补遗憾的机会。画海马真的很让人兴奋,我试着想象,像它们一样生活在水下是怎样的感觉。"

写给家长

与孩子们分享书籍是帮助他们学习的最好方法之一,也是他们学习阅读的最佳方式之一。《自然故事》是一套自然知识绘本,插图精美,屡获奖项。这套书重点描绘动物,对孩子们有非常强烈的吸引力。孩子们可以反复地阅读和体会这套绘本,或许可激发对一个主题的兴趣,进而深入思考和探索,发现更多知识。

每本书都是对现实世界的一次历险,既丰富了孩子们的阅历,又培养了他们的好奇心和理解能力——这是最好的学习方式。

《自然故事》(共三辑,二十四册)